JN309336

CHAOS

碇 沙也加
SAYAKA IKARI

文芸社

CHAOS 目次

CHAOS

痛み　生きている
不安　全ての悪意
ナイフ　血の染みこんだシャツ
助けて　お前を殺す

憎んでいる
羨んでいる
殺したい
一つになるのか？

生きろ　手首の傷
悲しい　一人で叫んでる
消えろ　そして救うんだ
憎悪　口唇にのせた私の名前

恨んでいる
傷付けられている
恐れている
消えてくれるのか？

殺したい
殺したい
お前は
誰だ

イヴ

今までの罪
これからの悔恨
手を離して
私は独りなのだから
中途半端な温もりなんて
痛いだけ

償いのための果実
嘘でかためたその言葉の奥には
一体どんなペットを飼っているの？
何もいらない
何も求めない
ただこうして涙を流していたいだけ

座って　手を伸ばしたところで
つかめない
わかっている
感じる安らぎは
一瞬のうちに時を駆けて行くもの

座って　私を見ないで
知らないの？
私は罪の証
取り残された迷子の瞳
一生消えない裏切りの証
罪を犯したイヴの瞳
エデンが見放した
欲深い私の両手

今までの罪に飾られた
私の名前はイヴ
痛みに怯える
私の名前はイヴ

溺れる魚

溺れる魚――誰もいないひっそりとしたパブの
溺れる魚――暗い片隅に
溺れる魚――あたしのカラダ
上手くいくはずだったのに……

流されるようにして泳いでいた愛しの故郷リバー・H
ゴミだらけで汚れ果てたオアシス
そこで溺れる魚
魚…………あたし…………

汚物に囲まれているのは今も昔も
同じはずなのに……
急に仮面が剝がれ落ちたの
真摯な瞳で見るには堪えられる所じゃなかった
そして溺れる
いつも

苦しい
殺しているという意識のない連中の白衣

苦しい
いっそ死んでしまいたいくらいの窒息感

ラヴェンダーブラック　堕ちていく
ラヴェンダーブラック　堕ちていく
崩れ果てた海の底のパラダイス

溺れる魚　見慣れた街に立つ
溺れる魚　ひとつの小さな電灯に
溺れる魚　あたしの吐息
かえるところすらない……………
浮かんだ魚は
あたしの瞳…………
あたしの瞳は
溺れる魚…………

child

身体がぶるぶる震えてる
寒くも怖くもないのに
分かってる
淋しいんだ

泣かない子どもは愛を知らない
そうかもしれないね
動揺して泣いたあんたは
愛を知らずに育っていたみたい

あの鐘が鳴ったら帰ってらっしゃい
おいしい紅茶を用意して待ってるわ
青い鳥の待つ森で　迷子にならないで

歩いた道は紅に染まって
オレンジ色の陽《ひ》があんたの瞳に矢を射抜く
月夜のモスコミュール
ちゃんと息をして　愛してあげる

叫び声は掠れてゆくの
時計塔は錆びて時間を止めてしまった
止まればいいわ
写真のように　今　この場がスクラップされればいい

淋しさだけに
生きてくことは
明日を見ないで
死ぬことね…………
虚ろなあたしはジャンキービジネスに
手を染めてしまった

あの鐘が鳴ったら帰ってらっしゃい
おいしい紅茶を用意して待ってるわ
青い鳥の待つ森で　どうか迷子にならないで

BIRDS

『籠の中の鳥』
誰もがそう言うだろう
鎖につながれ　自由のない日々
一日一日がまるで一年のように長く
ぞっとするほどに
虚しさだけがたちこめる

空を羽ばたくあの鳥が
自由だなんて誰が決めたのだろう
全てが地球という大きなモノの
構成要因にすぎないこの世界で
自由を願うことほど愚かなことはない……

身体に手が滑るのはどんな気持ちか……
動こうにも戒められて果たせない身体のまま受ける
歪んだ悦びがどれほど心を犯すのか……
誰も　誰も　わかっちゃいない
声を出さずに泣く夜は
いつもぼやけて朧月……………

青い鳥みつけた
赤い鳥みつけた
白い鳥みつけた
逃げ遅れた迷子の鳥は……………
黒い鳥は死んでゆく
黒い羽根は
死を魅せる……

It's the end.

カーペットの上で空想をする　いつものことよ
物事には何故終わりがあるのかを考える
あんたは言ってたっけ
〝美しさのためさ〟
でも思うの……
汚ないストーリーになったっていい
あんたを守りたかった

落書きだらけの壁にもたれて、渡り行く雲を見つめる
銀色の鍵を手にした少年が泣いている
なぐさめてあげる人がいたらいいのにね
ああ　そうだわ
全て終わったのよね……It's the end.
ゲームオーバー？
それとも　用意されていたエンディング？

花畑を見たことがないあんたのために
モーテルの床にペンキで描いたじゃない……
未来なんて考えることもなかったあたし達

さよならという言葉の切なさを
哀しさを抱きしめてあの人はいってしまった

カーテンコールのやまない劇場　立てた中指
あたしは哀しい
あたしは哀しい
心配しないで　キャンドルはジャスミン色に揺れる
どこにも行かないで　雨が夜の空気を濡らす
この首を絞めて　幸せの定義は何？

全てが終焉を迎えた今　何を言えばいいのだろう
明日に続くこの道を
静かに歩く気は　あたしにはない
あたしの望んだままで
全てが終わってしまえばよかった………………

サリドマイドのパーティーは続く
そう　全てが終わっても

哀歌

夜の月は朝日の光に溶けていく
流れる柳のすだれ道
私の行く道には蔦が這い
少女が横で夢をねだる

ものもちがいいその人は
霧雨の中　東へと向かい
そっと青に散ったのです
ギムレットが似合うあの朧月の宵

切なる願いを口にのぼらせ
手をとり合って　目を閉じても
夢は現ではありえない……
空虚な幻は虫に喰われていく

握りつぶした沈丁花
雨の音色の中でたわむシャーマンの

初めての唄は空へ消え
逝きし人へと昇りゆく
在りし日のもと昇りゆく

Pieces

何もない空間にぽつんと置かれたマグカップ
動きを止めた時間への讃歌のように
口ずさむ　哀の詩

蝶々がたくさん飛びまわる街の一角
色とりどりの蝶々は人々の心に棲みついていく
侵食を　美しさの代償を

灰色の厚いカーテンが全てを包み隠していく
子供たちに人形遊びを
白い無垢な手からは淡い血の香り

刻み続けるリズムにだけ支配された
美麗蠟人形ギタリスト
その足は纏足に犯されている

広がっていく大きな翼の色は…………
崩れ落ちていく砂の城
楽園の終わり

美しさの崩壊

広がっていく大きな翼の色は…………
空っぽになった砂時計
絡みあう蔦の葉
風化するオールドローズ
芍薬の花が溶けていく…………

あきのうた

あきのうたうたい
やすみがちにいきをし
こどうがそこに
ほら

まんげつはすぎたの
もみじはたんめいなしじん
わたしはうたうたいのおんな
なきじゃくるまいごのきつね

ふゆになるすぐまえの
ふしぎにすんだついのひとみで
なみだはこころのぶきなのです
ひっそりといきをし
あきのうたをうたう

レイラ

病んでいる。
灰色の壁は黒ずみ
湿ったベッドの上には
ヘロインが散らばっている

死ぬんだ。
遅かれ早かれ人は皆死ぬ
だから何だ？
ドラッグは合法だ

病んでいる。
壁に頭を打ちつけ
剃刀で手首を切り裂き
大声で奇声をあげる
助けを求める余地もない――

狂っている

虚飾の花束

坂道を上っていく時に
後ろを振り返らないのはなぜ？
滑り落ちそうな気がするのかしら
転落してゆくさまが見えるのかしら
そうかもね　だからみんな必死で前を向いている

ハーピーの歌声の先に何があるかなんて
彼らは少しも気にとめない
自我を押し殺して〝気にとめない〟ことにする
美しい彼女の姿を認めないのね
その足元に広がる血の海を認めないのね

満月の夜に黒猫を見てはいけないなんて
誰が決めてしまったの？
小さな命に妄想を絡めるなんて
あまりにも残酷
きっと自分では何をしているのか気付いていないのね

白黒のテレビショー

中に映るブロンドの女はココナッツのような腰をして……
終わってしまった悲劇を見ていないのね
そう　認めたくないのだわ
歴史の先のいまだ見えない光ばかりを求める
眩しい光だけを崇めている
偏見だらけの髪の毛を振り乱して……

人々は行くの
桃色の雲の上
美しい世界に酔いしれて
そう　全てを認めない

白昼夢

一人きりの夜はひたすらに目を閉じた
病んだ果実の楽園に
いつもどこかで戸惑っている
悩んで　迷って　そして一人になるんだ

そこに在る空間を満たしていくもの
それだけのために生きているのなら
生きていくことなんてやめた方がいい……
ちっぽけな砂時計に　命はいらない

一人きりになるためにここへ来たのに
孤独感に負けそうになる
もう何も言わないで
噛んだ口唇にはいつも血がにじむ

何が優しくて
何が悲しい
そこにいるだけでいいと言うけれど
いつもそれ以上のものを求めるじゃないか

一人きりの夜明けはひたすらに涙をこらえた
病んだ少女の薄い胸には
赤い花のブーケとロザリオ
楽園で迷ってしまったんだ　そうなんだ……

流れる君の紅い血潮を
僕は愛した
手の中で崩れていくヒナゲシの赤に
思いを重ね
白昼夢の中　残酷な悦びに浸り
絶頂をむさぼる

僕の
孤独の中で………

LADA

少し生意気なその口調と瞳
きれいな顔のくせに
〝きれいどころにゃ落ち着かないわ〟
と言わんばかりの激しいメイク
だけど愛しい女の子
みんなあんたに魅了されてる

ラダ　こっちを向いて
かきむしるようなそのギターノイズ
それだけであんたってわかるのよ
ラダ　こっちを向いて

「愛して　愛して　愛して！」
染めた赤い髪を振り乱して
あんたは叫んだ
みんな　みんな　ラダを愛していたのに
彼女にそれは届かなかったのね
ラダは愛を知らない女の子

ラダ　こっちを向いて
ナイフで傷付けたその細い腕
それだけであんたってわかるのよ
ラダ　こっちを向いて

ラダは病院で眠ってる
光の失せた瞳で　もう喋ることはない
ドラッグでぼろぼろになった身体
その小さな命が尽きるまで
彼女はここから出られない……

プリティ・ラダ
愛していたのに…………ハニー

聖歌

ナイアガラのしもべ
あたたかなコークを飲み干して
月影にこそ香る群衆よ
砂漠の民をうたいたまえ

キャラバン連なる地平線
包んで　しごいて　白濁の汁を……
陽炎に踊る妖性よ
月光ゆえに殺しておくれ

見るかぎりの憂鬱
考えうるうかぎりの悦楽

ジプシーの乱舞と神託は
降りしきる悦楽の声を浴びる
アゲハ蝶の羽根の紋章
喰らい尽くして我が身にうつす

サディスティックな女王蟻は
殺《や》られる間際のエクスタシーを……
月夜に揺れる水蓮よ
命在るもの全てを包みたまえ

husky voice

ああ　帰りたい　帰りたい
戻れないカコの中へ
逃げこんで　そう、逃げ疲れて
もう　ひっそりと眠りたい

満月は悪戯に心をなぶるだけで
キャラメルの苦みのみを私に与える
立ち上がる気力もない夜は
歌ってるあの声を想い出す……

すきとおるその瞳
ざらついたその声
くせっ毛の茶色い髪
優しい灰色の瞳

ああ　さよならを　さよならを
したい　したい　もう何年経つ？
逃げ続け………そう、逃げるだけの人生
もう　意味がなくなっちゃった

三日月は傷口を残酷に引き裂いていく
はみ出した肉の塊を食べて……
痛みのための涙
流せない日は……あの声を　あの声を　想い出す

純粋なその瞳
ざらついたその声
くせっ毛の茶色い髪
寂しい灰色のまなざし
すきとおるその瞳
ざらついたその声
灰色の瞳の奥の狂気

旋律をうたう
旋律をうたう
旋律をうたう――――そして涙……

雪の小道と粉雪の唄

なんだかひどく寒い
癒されるべき風の子ども達は
夜の闇に吸い込まれていってしまいそうだ
指先で愛を紡ぐことは
もうできない

怖い思いをしてきたのは
一体何の為だったのか
抱えきれないほどの暗闇を隠し通したまま
ひっそりと死んでいく女達
私には　そんな覚悟はない

自分自身がどこかへ行ってしまったような……
その答えを探しているんだけど
このポケットにそれはない
安全ピンで止めただけのちっぽけなナンバーで
私はようやくこの世界と繋ぎとめられている
寒くて　泣くことも忘れた

温かな声の女が歌っている
冬の散歩道はひどく虚しいものだ……
帰る家のない私なんかにとってはね
ストーブにホットココア　待っていてくれる大切な人
捨ててきたのは私だったっけ

冬の寒さは私から愛を奪い
キャンドルへ赤い炎を灯していく
飢えた子どもは雪の中
凍えたホームレスを犯し続ける
ブランデーがらみの痴情なりと
それすらもう…………届かない

凍て付いた瞳の先には何が？
指先で愛を紡ぐこともできなくなってしまった私に……

live

私は生きる
誰も彼もが薄っぺらい
この道を
小さな花は
風にそよぐことを運命《さだめ》とし
あらがわず
ためらわず
満ちていく

星のような笑顔を
失くしたレディ
踏みにじっているのは誰？
壊れたハートは
もう二度と元には戻らない
このさきも
これからも
永遠に

手を振った向かいのビル

ジャンキーの作家が
そこから飛び降りたの
通り越しに恋をした私の目の前で
彼は命を捨てたのです
はにかみ
そして少しばかりの狂気
あいしていたのに

広がり　満ちていく
生きて望めば　満ちていく
アンティークドールの眼差しは
ちっとも明るくない月の光のように
淡くおぼろげに
事の真相を暴きだす
しずかに
しずかに
負けないで

私は生きる
誰も彼もが冷たい
この地平線を
吹く風は
時を駆け抜けることを運命とし
すずやかに
あざやかに
満ちていく

あらがわず
ためらわず
満ちていく

gleam ship

光の船が闇に溶けていく
ゆっくりと
半月が欠けていく間中
ずっと
白い横顔を眺めている
私は
静かな海に包まれた街に生まれ
ささやかに
愛の歌をあなたに贈る

neurotic girl

耳鳴りがひどい（重くて押し潰されそうだ）
目は何も映像を映さない（何もかもが痛い）
ろれつが回らない（本当に辛いのは誰だ？）
このまま死んでいくのさ（終わりは何も産みはしないのに）

ヘヴィな現実
小さなクラブの安っぽい照明の下で
デス・メタルが大音量で奏でられる
爆音はこの身体を優しく包みこみ
人の叫びがあたしを安らがせてくれる

あたしは神経症ガール

行くところはどこにもないし
行きたいところには手が届かない
狭苦しいベランダで煙草を吸って
煙が目にしみたと言っては
嘘の涙に溺れる

何も意味なんてないだろうに……

耳鳴りがひどい（重くて押し潰されそうだ）
目は何も映像を映さない（何もかもが痛い）
ろれつが回らない（本当に辛いのは誰だ？）
このまま死んでいくのさ（終わりは何も産みはしないのに）

殺人を望んでいる
自殺を望んでいる
――全てを無に還したい――

あたしは神経症ガール

blue iris

もしもこの場所からいなくなったとして
そしたら君も私のことを思い出してくれるのかな
月日に洗われて掠れた記憶
そしたら私も思い出の住人になれるのかな

目を閉じて　この歌を知っているでしょう
口ずさんで　そして忘れないで
何も望まない　だから忘れないで

ドアが音もなく閉まってゆく
迷子の子鹿は何処へ行くのか……
その優しいてのひらを信じていいの？
君の瞳は偽物《イミテーション》じゃないの？

感じて　この詩《うた》を知っているでしょう
誓いの言葉　哀れな偶像
朝が来れば　いずれ忘れてしまう

湖のほとりに咲く菫の花は

続くことのない美しさをそっと囁いてくれる
人の思いは銀の鎖のよう
錆びてしまうかどうかは　その人次第だものね

忘れないで　この言葉を忘れないで
今見ている物　答えのない不確かなもの
信じなくたっていい　だけど忘れないで

悲しみのアイリス　終わりのための精霊
どれほど集めたところで　哀れな肖像
夜が過ぎれば　もう思い出すことはない
朝が来れば　いずれ忘れてしまう……

ZERO

人生の中の敗者なんて誰が決めるんだろう
こうやってあたし達は、姿も見えない何かに選ばれていく
使い捨ての玩具――そうなのか？
命をすり減らしてこの列に並びながら
重要なことは何も知らないでいる

いつかの涙の跡　辿る人はもういない
そうやって自分を保つのを忘れるなよ
お前は自分の目が見えてない
愛してる　本当に？　嘘でもいい――愛を売ってくれ

たった今目の前でシスターが殺された
次の番はお前だ
長い階段を上りながら　いつしか呼吸は涙まじりで……
叫べばいい！　そうだ　なぜ叫ばない!?

魂を売り渡すのか？
そうすれば悪魔は爪を引っ込めてくれるのか？
リアルな幻想も　妄想だらけのこの人生も

もうすぐ終わりだ
何をしたって
何を売り払ったって

雪の中の葬式は、あまりにも寂しい
手先の感覚がなくなってきて
ひどくみじめで
……そうか　お前はこんな気持ちなのか……………

魂を売り渡すのか？
そうすれば死神は鎌を研ぐのをやめるのか？
リアルな幻想も　妄想だらけのこの人生も
もうすぐ終わりだ
何をしたって
何を売り払ったって

すべてはゼロへかえるんだ

Eden Piece

今日はっきりと自覚させられた
あたしは病院に行かなきゃならないんだって
はたから見ればあたしは異常で
ビョーキなんだ……
それは分かっていたけど……
はっきり言われたのは初めてだよ
何だか
あまりいい気分じゃないな

大人たちが押し殺していく全てのもの
それが今のあたしだから
無造作で不器用で嘘が下手クソな
ただの小娘
だから何だっていうんだろう
それはいけないことなの？

澄んだ歌声の麻薬依存者

なんてきれいな声で歌うのだろう
終わりがあるものだから
いつか取り上げられてしまうものだから
だからこんなにも美しいんだ
…………切ないほどに

この腕に針を刺して　そうすれば安心するんだろう
道化だ　信じられない
こうやって殺すのか
ナーバスなティーンエイジャー
未発達の可能性
こうやって消してきたのか……

『社会復帰』その言葉を　光景を
みんなが望んでいる
指をくわえて待ちぼうけている
もう向こうに渡る気なんてさらさらないのに

理解者がいない苦しみを
分かってないんだな……多数派の人間共
その肌に爪をたてて傷跡でもつければ
少しは感じてくれるだろうか………………
この気持ち

無意味な偽善者なんて大嫌いだ
嘘のための真実？
そうじゃないだろう……
ここで生き抜くための唯一の方法
それは人生の勝ち組に振り分けられるための
計算された愛……偽りだ

何も欲しくない
この世で手に入れたいものなんて
もう見つけることはない
それでいい　無欲なんだ

もう人生の欠片すら失くしてしまった

children

風に踊るのは誰だ？
見放された子どもたちよ
この手の下には死しか待っていない
それでも
君たちにはそれすら希望の光なのか？

待つのは性に合わない
手垢のついた偶像が頭の中で笑いだす
ここはどこだ？
君たちは何なんだ？
分かっていることはこの共有のみじめさだけ

夜の闇の中で人喰いが闊歩している
レディース・アンド・ジェントルマン
お前たちは間違っている
白紙になるのをなぜためらうんだ？
それしか汚染を止める手立てはないのに

これからどこへ行くのだろう

子守唄のような海のさざ波はひどく懐かしく
母のように広く寛大だ
この地で死ぬのもいいかもしれない
見放された子どもたちよ
今こそ選択の時だ

見放された子どもたちよ
今こそ復讐の時だ……………

Real

みんな騙されている
騙され　冒瀆され　自ら偽りを口にしている
何が真実で　誰が神様なのか……
欺瞞に満ちた口からこぼれるのは
実のない虚ろな響きばかり

一面に敷き詰められた赤い絨毯に跪き
もう一度話そうと試みる　けれど……
取り調べのような詰問　強いライト
何も罪なんて犯していないじゃないか!?
それなのに彼らはこの心と魂を裁こうとする

同じような顔をして、同じようなことを聞く
昏睡状態の患者のように
ありきたりな陰鬱にまどろんでいる
答えが聞きたいんじゃない
本当の気持ちが聞きたいだけなのに……

向かうところに敵はない

シートベルトで守られたその稚拙な領域は
蹂躙され　堕ちていくだけだ
堕落の中　お前は何を思う?

偽り　真実　神
用意されたシナリオを読む気なんてない
ただ　本当の気持ちを知りたいだけだ
傷付くことを恐れはしない
ただ　唯一の真実を知りたいだけなんだ

お前の本当の気持ちを知りたいだけなんだ

BLACK BUTTERFLY

腐臭がする
こんなところには居れない
見ろよ　虫が這い回っている
腐ってるんだ
こんなところには居れない

コップは汚れだらけ
埃をかぶったディナーが出される
こんなもの食べ物じゃない
白いエプロンには血の染み
包丁で切ったのは人間の脳味噌

外は日射しが強すぎる
通り過ぎる度に人がじろじろ見て行く
そんなに醜いか？
わかってるよ　死んでるんだろう
ゾンビのような青い顔で叫んでいる

吐き気がする

今　口に入れたものは何だ？
何を食べさせた⁉
手の上を黒い虫が蠢いている
これが私？
そうだ　私は虫ケラだ

だけどママ
私を病院へ連れて行かないで
私を精神病院へ連れて行かないで

Ballade in memories

楽しかった日もある
悲しみに打ちひしがれた夜もある
けれど後悔なんて一つもない
忘れることなんてあり得ない
どうか心配しないでほしい

ついて来れなくなったらいつでも言っていいんだよ
みんな近付きすぎて離れて行くんだ
君のことが好きだった
触れることは望みじゃなかった
だけどこんな方法しか知らないんだ
君を近付かせないことで
この日々は続くと思っていたんだ

何が正しくて　何が間違いなのか……

あんなに真摯な瞳は今まで見たことがなかった
眩しすぎて少し気後れしていたんだ
幸せという名のトラウマに苦しめられ

郵便はがき

恐縮ですが
切手を貼っ
てお出しく
ださい

160-0022

東京都新宿区
新宿1－10－1
(株) 文芸社
ご愛読者カード係行

書名			
お買上書店名	都道府県　市区郡　書店		
ふりがな お名前		大正 昭和 平成　年生　歳	
ふりがな ご住所	□□□-□□□□	性別 男・女	
お電話番号	(書籍ご注文の際に必要です)	ご職業	

お買い求めの動機
1. 書店店頭で見て　2. 小社の目録を見て　3. 人にすすめられて
4. 新聞広告、雑誌記事、書評を見て(新聞、雑誌名　)

上の質問に1.と答えられた方の直接的な動機
1.タイトル　2.著者　3.目次　4.カバーデザイン　5.帯　6.その他(　)

ご購読新聞　新聞	ご購読雑誌

文芸社の本をお買い求めいただき誠にありがとうございます。
この愛読者カードは今後の小社出版の企画およびイベント等の資料として役立たせていただきます。

本書についてのご意見、ご感想をお聞かせください。

① 内容について

② カバー、タイトルについて

今後、とりあげてほしいテーマを掲げてください。

最近読んでおもしろかった本と、その理由をお聞かせください。

ご自分の研究成果やお考えを出版してみたいというお気持ちはありますか。

ある　　ない　　内容・テーマ（　　　　　　　　）

「ある」場合、小社から出版のご案内を希望されますか。

する　　しない

ご協力ありがとうございました。

〈ブックサービスのご案内〉

小社書籍の直接販売を料金着払いの宅急便サービスにて承っております。ご購入希望がございましたら下の欄に書名と冊数をお書きの上ご返送ください。　（送料１回210円）

ご注文書名	冊数	ご注文書名	冊数
	冊		冊
	冊		冊

だから君には近付いてほしくなかった
心の闇なんて他人にさらけ出してどうする?
そうだ、離れて行くだけだ

思い出は全て苦いものへと変じていく
頭に残った記憶のアルバムも紅蓮の炎をあげて……
もう、どうしようもない
近付いては消えていった人々
心の中で存在を消した人々
君には　そうなってほしくなかったんだ
listen……

Holly

偽り、裏切り………もう疲れた
悲しくて、怒りにのみ満たされる
誰も助けてはくれない
そのためにあたしは言語障害を演じている
自衛手段の無言劇
パントマイムに溺れていくんだ
溶けた混濁、カオスの湖
ああ………そうだ………殺意に溺れている

呪縛して、その心臓をえぐる
おかしいよ………もうどうでもいい
あたしの頭がイカれているだけさ
何も言えなくなってしまうほどに病んでいる
笑ってやる
誰を？
あたしを………

ゆっくり休みたい………できることなら永遠に
求めていないはずだ、永遠なんて

でも　なぜだ
その言葉が懐かしくてたまらない
目を閉じてみよう
そうすれば昔の自分が見えてくるかも………
会ってどうする？
ああ………わかってる………始末をつけてもらうんだな

悪魔に囚われた囁き
死神に愛された魂
さあ、もう行こう
魔女に招かれたこの身体
吸血鬼と交わったこの瞳

さあ　もう行こう
かえるんだ………
かつていた場所
Holly――聖なる子宮へ

社会現象

不履行、邪悪なポルノグラフィー
賄賂、裏切り、所得隠し
なぜそこまでして金が欲しい？
ミイラ取りがミイラになって
なぜそこまでして金が欲しい？

ジャンキー、マゾヒスティックな恋愛
ドメスティック・ヴァイオレンス、弱者へのレイプ
いつの間にこんなに身近になったんだ
触れなくともいいはずのものに
みんな、みんなファックされている

〈豊かな社会が生み出した
暗く乏しい精神構造
大人を染め上げたそれは
今や子ども達にすら牙を向けている〉

カルテル、教会での殺人
汚職、暴動、意味のない戦争

体験しなくてもいいことを
おかしいほどに知り尽くしている
全ては金と欲望にまみれているんだ

倒錯的なセックス、被害者妄想
ノイローゼ、虚言症、リストカット
なぜみんな癒される度に傷付いていく?
求めたこともないものの代償は
いつもこっち側へまわってくるんだ
血を流すことでしか癒されないほど
あたし達はボロボロになっている
これ以上ないくらいに!

air

最近生きる意欲がわかない
死ぬことすら面倒くさい
怠惰な毎日　あたしの毎日……人生
動きだそうとするけれど
些細なことで傷付き、ボロボロになる

歩くことをやめた機械仕掛けの女の子
ガラスがはめ込まれた目を開けたまま
終わりのない沈黙に陶酔している
それは
あたし

押し入れにしまいこんだ木箱を出して
思いの全てをぶちまければいい
全ての人が自分を正当化しようとしているけれど
心配しないで
正しくないことは落伍者の証じゃないから

二人で生きる理由《わけ》についてでも語り合う？

あたしの人生を受け止めてくれる人は
どこにもいない気がしている
けれど　君の気持ちをなだめることはできるかもしれない
そうだといいな
そうしたらあたしの生きている意味がほんの少し
見えてくるのかも

雨降りの街を走る少年は
青い鳥を探していた
ここで呼吸する全ての生ける者たちよ
命の歴史を綴るあたしの同志たちよ
どうか神の祝福を

あたしの神様は、　もう届かない

傷だらけのぼろ切れのような心を抱き
救われるはずもない明日を夢見ている
朝日が昇ればまた一日の始まりだ
精一杯生きろと良心は言うけれど

あまりのプレッシャーに息をすることすら辛い

リラックスして
このまま空気に溶けていきたい
光のないその瞳に空を映し
二人でこの重圧から抜け出したい
そんなに肩肘を張らなくてもいいんだ
逃げることは負け犬の証だとみんな言うけど
それだって重要な人生の一部だよ

絶望とあきらめに満ちた日々……人生
戒めの鎖を解き放って
このまま流れる空気に溶けてしまいたい
甘美な眠りを伴いながら

このまま空気に溶けていきたい

Gold fish

その思想に浸って
侵され　喰らい尽くされて
あなたは無力
犬の慟哭　雨の悲鳴
あなたに未来はない

統率された型押しの毎日
時間通りに、マス目越しに息をし
休日すら模範を演じる
堅苦しい規律にきつく縛り付けられた
息吹のない人生

聞けよ、そこでただ黙ってあたしの考えを聞いていなさい
あなた達が何故生まれ、何の為に生き、何処へ向かうのか
考えてみるんだ　羊達
血を流すことを恐れてはいけない

こうやって無理矢理に意味を探しても
答えが見つからないことは知っている

冷やされた夏のプールの中で
眠気に囚われた金魚達
溶かされていくんだ
その心地よさのまま

通り過ぎていく時間に手を伸ばし
少しだけ時を巻き戻してみたい
人生の分岐点　誰かとの別れ道
出会い故に生まれる別れ
いらないよ
だから行かないで

切実を歌う言葉のネックレス
光を受け　こぼれた笑顔の端で
人生への讃歌を唱える
少し胡散臭いんじゃないか？
あまりに完璧すぎる

リピート――

その思想に浸って
侵され　喰らい尽くされて
あなたは無力
犬の慟哭　雨の悲鳴
あなたに未来はない

ない
あなたに未来はない

The egg

あたしは世間からはみ出している
奇異の視線は常にこの身体に絡まって
おとしめるための形容詞はいくらでもある
人々の中の道化だ
悲しみの中にいる時でさえ
あたしに向かってこようとする奴はいない

所詮は通り過ぎるだけなのだ

十三歳の自殺—彼女は哀しみに負けた
小さな身体を包む暗黒の邪気に
反抗する術も知らず
助けを求める手も届かず
ひっそりと静かに地上から旅立ってしまった
同情すべきだ
それなのに　奴等は彼女を蔑むことしかしようとしない

自分の目に映る世界が真実だ
それはみんな同じはずなのに……

手をのばせば感じる
硬い殻の中に包まれた
笑い声をたてる突起物
見るも無残に肥え太って
二枚舌を使い分けている
これは
誰だ？

通りに立つ少女たちを卑下している
その中で味わった屈辱と悲観は
きっと一生理解されることがないのだろう
まるで忌み嫌われる吉凶の兆しのように
見るもの全てに視線をそらされて
あたしは　いつまでも　孤独なんだ

臭い物にはフタをするしか思い浮かばないのか？
この社会を導く先達よ

観衆の中で弄ばれた
ほころびだらけの人形のように
放り出されて捨てられた
かわりはいくらでもいるから
誰もあたしのことなんて気にとめない
嘲笑だけが
唯一この耳に贈られたプレゼント

魂のない人間に支配されることは
すなわち生きた死人になることなんだ
薄っぺらな人生観の中で
罪もない命が一つずつ潰されていく
目の前で　もう何人も消されたよ……

手をのばせば感じる
硬い殻の中に包まれた
笑い声をたてる突起物
見るも無残に肥え太って
二枚舌を使い分けている

これは
誰だ?
醜い笑いを浮かべている
お前は
誰なんだ?

マイナス

独りぼっちになってしまった
手の届くところにあるものは全て嘘にまみれている
名前を呼んだって誰も振り返ってはくれない
仕方のないことだ
全部、僕のせいだから

苦しくて、苦しくて、たまらなかった
自分が生きる必須条件を満たすため
そのために僕はみんなを傷付けた
自分の心を守るために他人の心を踏み台にした
望んでなんかいない
だけど事実だ

最低最悪の通過儀礼
僕の動向を全ての視線が睨み付け
憎しみという名の金縛りがこの身を弄ぶ

無駄口だけはまだマトモに吐けるな……
今のうちに　自分を消すんだ

独りぼっちになってしまった
切れたライター、空になった酒瓶……まったく意味のないこと
生きる価値なんて僕は知らない
粉々の聖なるオブジェが嘲る
ジェシー・ジュームス……僕が知っているのは
人を傷付けることだけ
……………神さま

いつの日かみんなに会えるといいな
雲の上、空の上、この心を解放して
今までの罪の全てを洗い流し、レーテー川の水を飲む……
そしたら僕は一人じゃないのかな
おどけた笑いを浮かべる壊れたピエロを抱いたまま

このまま一人になることなんて耐えられないよ
誰でもいい　横で呼吸《いき》をして……please……

あの雲が通り過ぎるまでこうしていよう
下卑に笑みを浮かべる人々が街に溢れている
すさんだ有様だ
彼らの心は空っぽなのだろう……
――それじゃあ、僕は？
わからない　だけど　きっと　僕の心は…………
穴のあいたバケツだ

求めることしかできずに、ただ魂を垂れ流す
みじめなバケツ
独りぼっちを感じるだけの
ちっぽけなバケツ

（この心には穴があいている）
そんなことはどうだっていい
（この心には穴があいている）
だから横で呼吸《いき》をして……
（満たされない）
それも認めて
僕を愛して…………

かくれんぼ

残虐な幼児愛
雪月花
切断図
処女解体
神楽の音

ひとつ　ふたつ　みっつ

血濡れた快楽
白うさぎ
共喰い
集団暴行
都忘れの故人

捕えてやる　もう逃れられまい

沈黙との同衾
夜桜
絶対服従

細菌繁殖
懐かしい手毬唄
ひとつ　ふたつ　みっつ
ひとつ　ふたつ　みっつ
ひとつ　ふたつ　みっつ

……そら　見ぃつけた………

Sex

その吐息だけであたしは感じる
あんたの哀しみに快楽を呼び起こされる
同じ傷をもつあんたになら
切り開かれ、取り出され、結合されてもかまわない
いや、そうしてほしいんだ

3・2・1　このままここでこうやっていよう
上を通り過ぎる真っ黒な雲は
紫煙に満ちたあたしの肺のようだ
そう、そうやってほしいの
舌を入れて、絡めて、だけどもう足りない
あんたしかいらないんだ

傷付くだけの恋なんて、と
昔あたしは言ってきたけど
今ならわかる　あれは恋愛なんかじゃなかった
これまでの過去はただのガラクタ
この魂さえあればいい
カラダなんて汚物の塊のようなもの

この魂さえあれば
いつだってあんたと溶け合うことができる
それだけが、欲しいの

凹凸ゆえの欲望なんて
この叫び声と一緒に押し流してしまえ
嘘だらけの性行為なんて無意味だ
あたしはそんなことじゃ満足できない
肉体のみの悦びは
あたしの心を蝕んでいく
苦痛を伴う思い出に犯されて
終わりのない恐怖に射すくめられるんだ

吐き出したドス黒い葛藤は
明日の夢を静かに占う
一緒にいる為なら何でもしてあげよう
この傷をもつのはあんただけなんだ
さぁ、早く脱いでよ
そのタトゥーからキスをする

もっと中まで来て
あたしの中のカオスを粉々に打ち壊して！

セックスは邪魔なものでしかない
精神を一体化させることだけが
あたしの唯一の望み
そう、それこそが究極のエクスタシー
そうだ、そうしてほしいんだ
あんたしかそれをできる人はいない

傷だらけの魂の共鳴
あたしは　あんたしかいらない

楽市楽座

痛い、その手を離して
私を憎んで
死ぬまで嫌悪して
そっと過ぎてゆく霧雨たちは
このほてった耳朵の
血統に沿って流れていく

辛い、その手を離して
私を笑って
空っぽになるまで罵倒して
口先だけの男だなんて
精神世界ではもはや実体はない
人体実験、望むところだ

ぴいちくぱあちく　口を揃えて
何かと物入りな十六、七の娘らは
分別をつかせてもらうのさ
お前の足元すくうがために

嫌だ、その手を離して
私を殴って
忘れ去るほど失くして
鏡の向こうの銀のお城に
言葉巧みな白雪姫が
ヒ素検出　集団リンチ

聞いて、その手を離して
私を放して
閉じ込めるのはもうやめて
アイという名の独占欲
ラヴという名の日本女
とりとめのない、けれども事実

ふんだりけったり　このことね
何でもあげると目尻を垂らして
廃れたドレスで着飾るのさ
真夜中、うそつき、爆音上等

〈あなたのことを好きでした
けれど気分が変わりました
あなたは口がとても臭いし
白目のキスに心は冷える
ワンピース、質屋でたったの120円
ファック・ユー・ソー・ベリー・マッチ〉

解剖中にてこれにて失礼

遺書

『これ以上生きる自信がないよ
自分の無力さが痛い
僕の命じゃパンも買えない
ごめんね　何も遺して逝けない

才能なんて何も無かったんだ
勝手に期待して　あっさり光を見失った
やるべきこともわからずに
ただ発作に襲われている

憎んで　怨んで　突き落とされた
当然の結果で　言い訳をする必要もない
手にとるハサミで切り刻まれた後
〝ゴミはゴミ箱に〟――笑顔の美化活動家

生きていたい　けどどうしたらいい？
もう気力すら奪われてしまった
残っているのは自分への嫌悪と呪いの言葉
このまま金色に燃える湖へ飛び込むのも　いいかもしれない

虫食いだらけの頭で考えたのは
このまま生きていても時間の無駄だってこと
泣く暇もない　早く逝かなきゃ
粉々になった自尊心を再び築き上げたところで
また踏み潰されるだけさ――辱められながらね……

これ以上生きる自信がないよ
自分の無力さが痛い
僕の命じゃパンも買えない
ごめんね　何も遺して逝けない

ごめんね　今まで生きていて

ごめんね　生まれてきてしまって……』

バッコス

エウ・ハイ

感じる
このまま　溶けて
末期患者のように
もの言わぬまま
流れ
決して　離れず
声高に叫ぶ
悦楽の君
テュルソス振りかざし
生命《いのち》を引き裂くのだ
血痕　雫　濡れた口唇
かき抱き
惑わし
貫き　果てる

エウ・ハイ

この欲情には
逆らえる者などいやしない
恋も情けも憐憫も
全てはこれを前にして

力ない凧さながら
しぼみ　風にさらわれる
嬌姿
そのまま凝視
土の香り
身につけるのはこのコロンのみ
しがらみをおぼえ
求め合い
殺し合い
絶頂に達する
みじめ？
いいや
これがエクスタシーだ

エウ・ハイ

赤い悦楽の中
親たちの慈愛の手は
我が子の血に染まるのだ

そうだ　これがエクスタシーだ

女性運動家

雨音に集う精霊たちよ　あたしの願いを聞いておくれ
白無垢に装った巫女の秘密を暴き、おとしめ
女という女の内に潜む魔物を解放してあげたいのよ
笹ずれに脅され、せせらぎに屈辱を味わう妻たちは
あなた方の知らないところで
殺意のロンドを踊っているのだ
美しく生きるため

屋根裏で交わした約束などを、いつの日まで信じているの？
放られ、捨てられ、病に侵されたあたしの口許には
詐欺性の愛がこれみよがしに飾られているんだよ
こだまに泣き叫び、風の舞に恐れをなす娘たちは
あなた方の知らないところで
骨断つナイフを研いでいるのだ
愛に生きるため

高い山々の上に広がる楽園―それはただの大気層なのだけれど―
摑みとる輝きは全て腐敗し、朽ちていくの
それは庭に咲き誇る美しい花々を手折ることとよく似ている

自分の手に感じる生命はあっという間に駆け去り—
しおれたただの有機物と化す

化学的な笑顔—シャーマンたちに殺される定めの……
先生、あなた方は望みという望みを
全て豚共に喰わせてしまったのです

銀月香る夜の大気　さああたしたちの話をしよう
結末はどのみち暗いのだから　思いっきり楽しもうじゃないか
皆が見ている中でこの鳥かごを放つのよ
潮騒に狂気を覚え花の香りに嘔吐したあの幸せな日々
忘却の水に全てを浸したあたしたちは
二度と縛られることもなく
彼らの手の中で羽根を一本一本抜かれることもない
さあ、あたしたちの番だ
この流れるスープの香りは
愛しい人の素敵な香り

幸せに生きるため

気狂いピエロ

家々の明かりは消え、もの静かな風が睡眠を運んでいます
乗る人のないブランコは、夜風の悪戯にされるがままで
ぽつんと置かれた小さな靴は、とても哀しい一片のオブジェ
黙ったまま歌を歌う気苦労は持ちあわせていませんし
虚飾に耐えうるほどの器とは、逆立ちしたって言えません
それならばなぜ息をしているのでしょうか

酩酊と決めこんで客を引くあまたの少年の無邪気な瞳は
正当化と終焉に満ちたホールの空虚に似て見えます
ここに立っていると人々の哀しみに食傷していってしまうようです
かつては涙を流した堕胎のマリア像も
今ではただの建築物に過ぎません
偶像崇拝の末の死は心地よいものですか

月下美人の咲き誇る様を自らの若さと勘違いしている娘たち
そのむなしい祈りは叶うはずもなく……
神様という俗人がこの世に本当に存在するのなら
祈る娘御たちの汚らわしい身体は、とうに腐り果てているのでしょう
滑りこんだ確かな日常よりも、不確かな熱気を望む私

神性の失われた瞳には寄生物が宿っているのですか

遠のいた幻想に白羽の矢をたてるほど愚かしいことはないのです
統治者の逆成長を願った愛人の罪深き懺悔
タルタロスに投げ込まれてもなお美飾に走りまわる
その社交性を買うくらいなら、このサイコロを投げて決めましょう
意気地のない英雄の魂が競売にかけられています
きっと金で買った輪廻転生に賭けようとしているのですね……
命をスイッチと呼んだ哲学者は誰ですか

まばたきすら許されぬ、硬直に満ちた日々
―砂時計の身体
今宵はここまでにしておきましょう

陽炎

揺れている
天女の羽衣
翔《かけ》るまでもない
消滅
巻き込まれるのはごめんだ
綺麗な人へ

囁いている
雨待つ童《わっぱ》ら
癒すまでもない
恥辱
取り込まれていくまでだ
野放図のように

四季折々の
花をたむけて
言うまでもない
別離
もうこれで最後だ

水仙女たち
揺れる月
かえるんだ

〝プリマヴェラ〟

四つ角

けば立った夢に明日を与えよう
えも言われぬ占星術に行く手をまかせ
風刺と罵倒で生きるのだ
船底を這うワラジ虫にも
光を望む権利は用意されている

蜂蜜を混ぜた甘ったるい展望に
舌打ちをして火炎瓶に火を点けた
穏やかな顔をして眠る老婆を眺め
私はそっとチューブを抜いた
彼女は笑顔で硬直する宿命だったんだ

ぼろをまとって媚びへつらう乞食女は
人類の祖先と遥かに近しい所にいる
免罪符を売りさばく司教様や
黄金の腰布をつけた神様には届かない
侵しがたい大地の息吹のことだ

シドニーの言ったことはいつだって滑稽だ

馬鹿馬鹿しいほどに荒っぽい
捨てられた犬や猫を食いつぶしては
奴は言ったよ
「女王を犯してやる!!」

枯れた森には炎の矢が突き刺さって
舐めつくしていく、この地平線を
夕暮れに染まる空と炎が溶け合えば
きっと私も救われるんだろうに
仕方なく、栗でも火中に投じてみようか

酒の雨に浸って溺れた占い師
赤いヴェールの花嫁さ

詩人

何処までいけばあなたに会える
紙芝居のビロードはアブサンに酔いしれて
嘲笑したければそうしてくれ
それでも私はあなたに会いたい
この空の下にあるものは
灰と煙に炙られるまで身のほどを知らずに……
口をあけて、命を解け
ああ　何処にいってしまったんだ

転倒　答えは与えられるべきものではない
そのさじで血をすくうんだ
祭りの中であなたを探そう
リピート
キル

いってしまった旅人の足首には
小さな羽根と……それから蛇が
何処へいってしまったんだ
真夜中の十二時に鐘は鳴っているというのに
習慣すら統制の中に埋もれる運命《さだめ》か
あなたを求める

この腕すら、願うだけ虚しいというものか？

紺碧　心ならずともさざ波に洗われる
丸みを帯びるガラスくず
ゆえに消滅への道筋
反復
さあ　来い

時の翁は大鎌振り上げ、私の命を狙っているのだろう
案ずるな、私は死ぬことを許されぬ
永遠の寒さに枯れゆく身の上
衰退のさきを鮮やかに見守るのみ
けれど唯一の私の太陽は
垣間見た癒しの炎は
ああ　何処にいってしまったんだ

叙情詩　まがりなりの正義　それでも
――会いたい

献花

凍りづけの魂―音楽は？
生きる　そして殺していく
黙ったままの人形の瞳
あなたは愚か　私はイカサマ
けれど命の重さは計れるわ
熱っぽい口唇―フィンランド
知りうる虚実　遠のく真実
孤独を愛する猫の背中
あなたは無知　私は傲慢
だけど電話のベルにはでないでしょう

一人の世界、二人の世界―どちらにしても
幼稚で馬鹿げたことだわね
もう出てこないのよ
誰もあなたのことなぞ覚えていない
死ぬ　そして誕生する
繰り返しで成り立つ世界に永遠などない
分かるでしょう　永遠などない
あなたは終わり

ダンテもキリストも間違いだらけ
病んでいるのはあなただけだと思っていて？
理念のことわり断ち切る術などないでしょう
稚拙なその手でこの世を覆すことでも夢精していて？

旋律

幽玄さに呑み込まれる
羽根が踊っている　この手の先で
不気味なまでに真っ青なその目は
綱の硬い色味を帯びた陽炎だ
灰色の空気を吸ってみる

不幸せな人生　その定義はものさし次第だ
金色のシャワーにうたれるブロンドの歌姫
茶色いガソリンをかぶった盲目の少女
レベルって何だ　白粉に溺れてる
観光土産はその色眼鏡か？

銀で彩る娘の足首は
嘘とまなざしの全てを打ち砕く
望むとも望まざるとも

砂埃を集めたドームの中で愛してやる
「消えることのない穢れ」って何なんだ？
絡まった血管の花束を送りつけてあげよう

そして抱くんだ　汚らしく
虫ケラのように―けれど温かく……

出戻り　天使と不倫の暴露本
伝令杖はこの口唇に硬く、言葉には弱い
見つめた扉の先で息をひそめるメデューサは
キスを求めてる、飢えている
よだれで自らの手を濡れそぼらせているんだ

ひとつまみの星屑を失って
赤い夕日を待ちぼうけている
囁いてよ、叫んでよ、泣き喚いて、首を絞めて
嘘つきの舌は優しい―愛を語る偽りの白百合だ

翔

おいで　もう話したくない
寄るな　ここにいてくれ
笑って　あたしのために泣いて
死んで　おいていかないで

蛇が卵を守ってる、そのウロコに守られた粘膜で
大蛇があたしをファックした
ねえ卵を産ませて、あの赤と黒との斑模様の
頭がおかしいのかな、全部　溶けて　笑ってる

呼んで　あたしの名前を
抱いて　あたしの死体を
聴いて　あたしの呪いを
触れて　あたしの涙に……

星が流れる夜空に、あんたの裸を映し出して
赤いペンキで汚して
乳首に銀のピアスを、あの硬いプラチナで
痛いなんて言わないで、あたし　これでも足りない

愛して　あたしの嘔吐と共に
荒んだ　まなざしを頂戴
狂った　いかさま師の技で
誓って　あたしを騙し続けると

怖いよ、あたし、何も持ってない
どうして、あたし、何も残らない？
嘘ばかり
嘘ばかり――魔法は解けた……

ダイダロスの翼は、あたしには重過ぎたんだ
答えられるはずのものも全て、なすがままに
墜《お》ちていくんだ　葡萄色の海へ
探してやる　何を？　……わからない

おいで　もう話したくない
寄るな　ここにいてくれ
笑って　あたしのために泣いて

死んで　おいていかないで
誓って　あたしを騙し続けると
誓って　あたしを騙し続けると
誓って　あたしを騙し続けると
言って　あたしを守ると………

混沌

今日という日におあつらえむきだ
この視線——私は谷深く下ってゆく
天使たちの燐光の中で泣くのだ
己の存在の果敢無さと
世に占める割合の矮小さとをかみしめて
七つの大罪を振りかざし
ほら、大空へ翔ぶ太陽神の馬車が……
さあ　私を焼き尽くして

幻影と交わり私は
——これをシアワセと呼んだ——

尊い血をひく木星の御子のようには
物事は決して思惑どおりにいくまい
悲運に満ちたエヴァ、キスをしよう
常なるものへの冒瀆　神秘性は皆無
連なってゆくのだ　この情景のまま
絵空事を演《や》るには若過ぎて
天文学者の指し示す夜空の巫女たちを

ああ　私は犯してしまった

怒号で綴る私の愛は
——狂人じみたハッピーエンド——

随分遠くへ来てしまったようだ——この不穏な空気
曙の女神は緋色のケープを翻し
船乗りたちは一日の始まりを運命と共に迎えている
激しい衝動　獣じみた行動　近寄るんじゃない！
心までをも腐らせるほどには至っていない
——黒い雨に染め上げられてなお
流れゆく、森の向こうの水色の風は
癒すべき相手も見つけられぬまま
口唇にのせた恋しい人の名前を心にしまう

爪先から頭の先まで求めつくすのは
狂気の沙汰か
愛ゆえなのか
不仕合わせな女だと笑えばいい

金色に輝くホルンの響き
その形相に　私は
隠された突起物を感じるよ

「ベルヴェデーレに咲いた光の花は何色なのか」
私の欲したポイボスの横顔は
大理石よりも厳しい掟に守られ、縛られ
どこの娼婦よりも愛を求めていた――朱に染まる官能――
萌える緑を下に、匂うような青を上に
待ちぼうけた、今こそ、光と闇を混ぜ合わせる時
愛する　あなたを
今こそ、極彩色巡る混沌と一体となる時
無関心と放蕩に満ちた薄汚い男が時代の羽根を奪ったように
正体のない光を私は
もう放すまい
もう逃すまい

愛する　あなたを
不仕合わせな女でもいい

溢れかえったこの対の瞳で
影を落とすのだ
あなたの人生へ――それこそが私の愛
このまま流れてゆくのだろう
私は、愛するのだ
全ての事柄に言訳と理由をつけるため
利用するのだ、あなたを

愛を知った背徳の娘は
――死に値する傲慢と共にあなたへ生を授ける
　　狂気と叫気
　愛する　あなたを――

著者プロフィール

碇 沙也加（いかり さやか）

1986年12月13日、福岡県生まれ。

中学２年から登校拒否になり、後に保健室登校へ改善。

卒業後、１年間専修学校に行くものの、２年からは高校の通信制へ。

オウィディウスとランボー、それにコリー・ティラーに多大な影響をうける。最近はギリシャ神話と西洋美術に執心。

CHAOS

2004年３月15日　初版第１刷発行

著　者　碇 沙也加
発行者　瓜谷 綱延
発行所　株式会社文芸社
〒160-0022　東京都新宿区新宿１－10－１
電話　03-5369-3060（編集）
03-5369-2299（販売）

印刷所　株式会社ユニックス

©Sayaka Ikari 2004 Printed in Japan
乱丁・落丁本はお取り替えいたします。

ISBN4-8355-7135-5 C0092